当你老了

[爱尔兰] 威廉·巴特勒·叶芝 著
罗池 译

江西人民出版社
JIANGXI PEOPLE'S PUBLISHING HOUSE

年轻时

我们彼此相爱

却一无所知

目 录

路口

（1889）

印度人的情诗

小岛在晨曦中梦寐，
巨木滴答着静谧；
孔雀们在草坪上舞蹈，
一只鹦鹉在树梢上摇曳着，
正怒斥那如釉的海中他的倒影。

让我们在这里泊下孤舟
手牵手久久地漫步，
唇对着唇轻轻地诉说，
沿着草地，顺着沙滩，
诉说那不安的大陆如今已是多么遥远：

此地唯有我们两个凡人
远远躲在这安宁的大树下，
我们的爱养育了一颗印度星，
携着燃烧的心中的流光，
映着那粼粼的潮水，和粼粼中飞掠的羽翼，

以及黑沉的巨木，闪亮的白鸽，
它哭诉哀叹了整整一百天：
当我们死后，我们的影子会飘游，
当黄昏抚慰了轻盈的道路，
便踩着雾腾腾的脚掌走过海水的倦怠之火。

落叶

秋天降临到那些关爱着我们的修长树叶，
也降临到大麦捆里躲藏的老鼠；
吹黄了我们上空的花楸树叶，
也吹黄了湿润的野草莓的叶子。

爱情凋零的时刻已经围困我们，
如今伤悲的内心已经疲乏；
分手吧，趁激情的季节尚未把我们遗忘，
让一个吻一滴泪落在你低垂的眉头。

在柳园那边

在柳园那边，我和我爱曾经遇见；
她走过柳园，踩着雪白的小脚。
她叫我对爱情放轻松，像树上生长的柳条；
但我太年轻太傻，无法同意她的话。

在河边的草地，我和我爱曾经并肩而立，
在我斜斜的肩膀，她搁过雪白的小手。
她叫我对生活放轻松，像河堰上生长的青草；
但我那时太年轻太傻，如今只有满眼泪水。

蜉蝣

“你的眼睛从前看我不知疲倦
如今却忧伤地埋头低垂眼帘，
因为爱情已经衰退。”
而她回答：
“尽管爱情已衰退，但让我们
再次去到孤单的湖水之畔，
一同进入那温柔的时辰，
当激情，这疲惫的可怜儿，沉入了睡眠：
多么遥远的群星，多么遥远
我们的初吻，啊，多么苍老我的心！”

郁郁中，他们一路走过凋残的树林，
渐渐地，他握住了她的手，答道：
“激情总在消磨我们彷徨的心。”

树木围绕着他们，而枯黄的叶片
坠落像暗夜里昏黄的流星，有一次
一只兔子又老又瘸在小路蹒跚；
秋意把他覆盖：此刻他们
再次来到这孤单的湖水之畔：
转过头，他看到她已把默默积攒的
死叶插满胸前和发间，[1]
眼中泪光盈盈。
“哦，不要伤悲，”他说，
“虽然我们已疲惫，还有别的爱情等待我们；
用恨和爱度过无怨无悔的时光吧。
我们面前横亘着永世；我们的灵魂
便是爱，以及一场无尽的分离。”

1 姑娘以枯叶反讽婚纱花环。

被诱拐的小孩[1]

在斯利希森林的嶙峋高岗[2]
向着湖水浸没之处，
坐落着一个郁郁葱葱的小岛
那里有扑翅的苍鹭会惊醒
昏昏欲睡的河鼠；
在那里，我们藏起仙桶，
装满了草莓
和偷来的最甜的樱桃。
快来吧，人类小孩！
到这湖泊和荒山
跟精灵一起，手牵着手，
因为人世有太多你无法理解的忧愁。

---

1 爱尔兰传说，仙子（Sidhe）会引诱凡人进入青春岛仙境，凡人会因此失去灵魂。

2 诗中所提地名均在叶芝家乡斯莱戈郡一带，小岛即茵尼希弗利岛。

在那月色的潮水用波光
把朦胧暗淡的沙滩映照的地方，
遥遥在罗斯岬的最远端
我们整夜地翩跹，
轮换着各种古老的舞步，
交汇着玉臂，交汇着眼色，
直到那月亮也西飞遁逃；
来来回回我们蹦跳
追逐轻灵的浪花，
而人世却苦恼不堪
在睡梦中焦虑辗转。
快来吧，人类小孩！
到这湖泊和荒山
跟精灵一起，手牵着手，
因为人世有太多你无法理解的忧愁。

在那蜿蜒的溪水喷涌
从格伦卡峡谷倾泻的地方,
蒲草丛中的深潭
难得沐浴一线星光,
我们寻到了熟睡的鳟鱼
然后在耳边呢喃
给它们带去不安宁的梦;
又轻轻地探身走过
年轻的小河上
那些垂泪的蕨草。
快来吧,人类小孩!
到这湖泊和荒山
跟精灵一起,手牵着手,
因为人世有太多你无法理解的忧愁。

跟我们一起他将离去，
神情肃穆的孩子：
他将不再听见牛犊
在温暖的山坡上哞哞，
或炉架上的水锅
在胸中安然地吟唱，
也不再看见褐色的耗子
一圈一圈绕着储粮柜蹦跳。
因为他来了，那个人类小孩，
到这湖泊和荒山
跟精灵一起，手牵着手，
离开那人世因为有太多他无法理解的忧愁。

去水中的一个小岛

羞羞的，羞羞的，
羞羞的我的心上人，
羞羞地在炉火前忙碌，
忧心地躲在一旁。

她端来一只只碗碟，
把它们叠成一摞。
多想去水中的一个小岛
我愿带她一起走。
又取来一根根蜡烛，
把遮帘的房间点亮，
羞羞地站在门道，
又羞羞地在阴暗里；

羞羞地像一只兔子，
贤惠又害羞。
多想去水中的一个小岛
我愿带她一起飞。

玫瑰

（1893）

致时间十字架上的玫瑰

红红的玫瑰，骄傲的玫瑰，伴我一生的忧伤的玫瑰！
快到我的身旁，当我唱起古老的歌谣：
库胡林[1]与凶险的巨浪奋身搏斗；
山林养育的德鲁伊，须发花白，目光坚定，
在福格斯周身投下了梦想，和无法形容的灾殃；
还有你自己的忧伤，关于群星，渐渐衰老
在银履翩翩的海上舞蹈之中，
用它们高亢又孤独的曲调歌唱。
快来吧，不要再被人的命运蒙蔽，
我发现，在爱与恨的那些枝桠底下，
在所有朝生暮死的可怜的蠢东西之中，
永恒的美按着她的方式一路漫游。

1　库胡林和下文福格斯都是爱尔兰传说中的英雄。下文德鲁伊则是指古凯尔特人的祭司。

快来吧，快来吧，快来吧——哦，还要给我
留一点空间，让玫瑰的芬芳把它填满！
以免我再也听不到那些平凡事物的恳求；
在小穴里深深躲藏的柔弱蠕虫，
从我身边跑进草丛的田鼠，
还有人世间那些奋争又失落的沉重的希望；
却独自寻觅，去听上帝对远久逝者的
聪颖的心诉说的那些奇特的事物，
并学会吟咏一种不为人所知的语言。
快来吧；我多想，在我是时候离去之前，
唱起古老的爱尔兰和古老的歌谣：
红红的玫瑰，骄傲的玫瑰，伴我一生的忧伤的玫瑰！

人间的玫瑰

谁曾想见美丽竟如梦幻消殒？
这些朱唇，饱含着它们悲怆的骄傲，
悲怆于再没有新的奇迹会降临，
特洛伊消殒在一场熊熊葬火之中，
厄希纳的儿子们都已丧命。[1]

我们以及这劳碌的人间也在消殒：
在人类灵魂之间，晃荡着，交替着
像冬季缓缓前行的苍白江水，
在那如泡影一般消殒的星空下，
长存着这一副孤寂的面孔。

1　爱尔兰传说，美人狄德丽（Deirdre）爱上了厄希纳（Usnach）的儿子内夏（Naoise）并与之私奔，内夏及其兄弟被国王追杀而死，狄德丽被掳走。

鞠躬吧，天使，在你们昏暗的住所：
早于你们存在，或有任何心跳之前，
疲惫又仁慈的那一位已在神座旁流连；
他把人间变为一条绿草茵茵的小路
在她那漫游的脚下铺展。

湖中的茵尼希弗利岛

我就要动身离去，前往茵尼希弗利岛，
在那里建一座小茅屋，用泥巴和板条营造：
我要栽种九行豆畦，再养一箱蜜蜂，
然后就在这嗡嗡营营的林地独自逍遥。[1]

在那里，我将得到安宁，因为它会慢慢滴下来，
从清晨的纱笼滴落在蟋蟀歌唱的地方；
那里的午夜会有星光璀璨，正午紫气蒸腾，
傍晚的天空则穿梭着朱顶雀的翅膀。

我就要动身离去，因为每日每夜
我都听见那湖水轻轻拍打着岸沿；
每当我站在马路，或灰色的人行道，
我听见它荡漾在我内心深处。

1　叶芝年少时，他的父亲给他读过梭罗的《瓦尔登湖》，使他产生了隐居的想法。

摇篮曲

天使们正俯瞰
在你的床顶上边；
他们厌倦了陪伴
哭哭啼啼的死人。

看你这样美好
上帝在天上欢笑；
那导航的七星[1]
也随着他快乐起来。

我叹息着把你亲吻，
因为我必须承认
我终将失去你
当你长大成人。

1　金牛座昴宿星团的七颗明星，在古希腊传说中由普勒阿得斯（Pleiades）七姊妹集体自杀后变成。昴宿七星最亮的时候正是地中海适合航行的季节。

爱的怜悯[1]

一种无法形容的怜悯
隐藏在爱的内心：
那些买卖货物的乡亲，
天空中奔忙的流云，
湿冷的风呼啸不停，
以及那幽暗的榛子树林
那里淌着鼠灰色的河水，
都在威胁我爱人的生命。

1 英国谚语，怜悯近乎爱；怜悯产生爱。

爱的伤悲[1]

屋檐下一只麻雀的叽喳，
光辉的明月和所有星空，
以及所有那些树叶的精彩合唱，
抹煞了人的形象和他的呼喊。

一位少女来了，她红唇含悲
仿佛那博大的世界在垂泪，
多舛如奥德修斯和艰苦的航船，
又骄傲像普里阿摩斯与战友赴难；[2]

她来了，在立时喧腾的屋檐上，
一轮月亮升向空旷的天空，
以及所有那些树叶的哀歌，
只能构成人的形象和他的呼喊。

---

1 古希腊诗人帕特纽斯（Parthenius of Nicaea）的故事诗集《爱的伤悲》（Erotica Pathemata），其中对童贞女达芙涅（Daphne）为躲避阿波罗的追求而化作月桂树的故事有很多演绎。

2 特洛伊沦陷后，国王普里阿摩斯被杀死于祭坛，几十个王子几乎都遭遇死难。

白鸟[1]

亲爱的，我但愿我们是海涛上的白鸟！
我们厌倦了流星的焰光，在它暗淡飞逝之前；
而那晨昏之星的蓝火已低低地悬垂天际，
在我们心中，亲爱的，它唤起一种不灭的忧伤。

那些做梦者，含露的百合和玫瑰，已生出一种疲惫；
哦，亲爱的，不要再梦想它们，那流星消隐的焰光，
或那低垂在露珠里久久不散的晨星的蓝火：
因为我但愿我们变成浪花上翻飞的白鸟：我和你！

1　1891年8月3日，叶芝第一次向茉德求婚被拒。次日，两人到都柏林近郊的霍斯海滨游玩。茉德看着远处飞过的一对海鸥说，在所有鸟类中，她最想成为一只海鸥。三天后，叶芝写下这首诗送给茉德。

我牵萦着无数的岛屿，和漫漫的达南海滨[1]，
在那里时间必定会把我们遗忘，
忧愁也不再来临；
很快我们将远离玫瑰和百合以及烈焰的折磨，
只要我们成为白鸟，亲爱的，浮沉于海涛！

1 爱尔兰传说中的永生仙境，为达努神族（Tuatha Dé Danann）所居。

两棵树[1]

亲爱的，要注视你自己的心，
因为圣木正在那里生长；
从欣喜中圣枝依次萌芽，
并挂满颤颤巍巍的花朵。
它的果实上那些变幻的色彩
赋予了群星快乐的光芒；
它深藏的根脉有一种确定
给夜晚植下了安宁；
它那茂密梢头的摇曳
让波浪富有了旋律，
并使得我的嘴唇与音乐契合，
为你吟唱一首魔法之曲。
在那里爱情围成一圈，
我们时代的熊熊的圆环，
旋啊，转啊，来来回回
在那些宽阔、无知、茂密的路途；

1　在叶芝的诗歌里，这是茉德最喜欢的作品之一。

一想起那风中飘曳的长发
和那轻捷的飞翼仙履，
你的眼中便渐渐充满柔情：
亲爱的，要注视你自己的心。

不要注视那面痛苦的镜，
魔鬼们施展狡猾的诡计
趁经过时把它竖在我们面前，
最多只看一眼就够了；
因为那里生长的毁灭的影像
都是在风暴之夜留下的，
树根裸露，半埋在雪堆、
折断的枝条和发黑的枯叶。
因为一切都变成荒废
在群魔举起的晦暗的镜里，

这映照外在疲乏的镜子
是上帝年老嗜睡时所造。
那里，残枝败叶之间，穿梭着
一大群思绪不宁的乌鸦；
飞啊，叫啊，来来回回，
利爪凶残，喉咙饥渴，
抑或有几只停下来藐视风暴，
摇动着它们破烂的翅膀；唉！
你温柔的眼睛会渐渐冷酷无情：
不要注视那面痛苦的镜。

退休老人的哀歌

尽管我现在遮风避雨
在歪脖子树下面，
但我的座椅也曾靠炉火最近，
多少次跟伙伴们
高谈爱情或政治，
直到时间改变了我的容颜。

虽然小伙们又在制造刀枪
以图谋不轨，
还有狂暴之徒把满腔怒火
向人类暴君宣泄；
而我思索的却是时间
是它改变了我的容颜。

没有哪个女人会转脸
看一棵歪脖子树，
但我曾经爱过的那些美
却永存我心；
我真想朝时间的脸啐上一口
因为它改变了我的容颜。

梦见死亡

我梦见有个人死在他乡，
身边无亲无故；
他们钉了几块木板遮住她的脸庞，
当地的农夫
诧异地把她埋在那孤寂的地下，
在她坟头竖起
一个用两根木棍扎成的十字架，
并种下一圈柏树；
从此就把她交给了天上冷漠的群星
直到我刻下此句：
她曾经美过初恋，
如今葬于几块木板。

当你老了

当你年老头白，又昏昏欲眠，
炉边打盹的时候，请取下这书卷
慢慢来读，并回想你的双眼
也曾目光温柔，却已窝影深陷；

多少人爱过你片刻的亮丽芳华，
爱过你的美貌，不论假意或真情，
但只有一个人爱你那追寻的心，
更爱那愁苦刻在你憔悴的脸颊；

然后你会俯身靠近通红的炉挡，
有点难过地抱怨，爱情已溜走，
它徘徊到了远远的高山之上，
在熙攘的星群里把面目隐藏。

苇中的风

（1899）

心绪

时间一滴滴衰朽，
如蜡烛燃尽，
但高山和密林
多兴旺啊，多兴旺；
而在这场溃败中
那些生于火焰的心绪
何者已凋零？

爱者讲述他心中的玫瑰

那丑陋残破的一切，疲损陈旧的一切，
马路边一个小孩的啼哭，运木车的辗轧，
耕夫的沉重脚步，拨动寒冷的沃土，
都在歪曲你的形象，在我心深处盛开的一朵玫瑰。

那一切丑陋之物的歪曲是诉说不尽的歪曲；
我渴望把它们修建一新，然后远远坐在碧绿的山坡，
看着大地和天空和流水已重塑，像一只金匣
在我梦中盛满你的倩影，在我心深处盛开的一朵玫瑰。

爱者伤悼爱的失去[1]

淡眉，静手，暗暗的发，
我曾有一位美丽的朋友
并梦想那往日的绝望
最终会在恋爱里终结：
某天她往我的心里看了一眼
发现你的影像还在里面；
她就痛哭着离我而去。

1 叶芝对茉德·冈尼始终难以忘怀，导致奥莉维亚·莎士比亚的离去。

走进曙光

疲惫的心，在这疲惫的时代，
快快扫除那些是非的罗网；
笑吧，心儿，又迎来灰蒙曙光；
叹吧，心儿，又迎来清晨的露珠。

你的爱尔兰母亲永远年轻，
永远露珠晶莹，曙光灰蒙；
哪怕你希望破灭、爱情衰朽，
在诽谤中伤的烈火中焚毁。

来吧，心儿，到那山岭堆叠之处：
因为那里有一种神秘的情谊
让太阳月亮以及山谷和森林
还有河流和小溪完成它们的志愿；
而上帝站在一旁吹响他寂寞的号角，
时间和世间永在飞逝之中；
灰蒙曙光比爱情温柔，
清晨露珠比希望更可爱。

他想叫他的爱人平静

我听见虚幻的马群，它们长鬃飘摇，[1]
它们蹄声沉闷又嘈杂，它们眼中闪露亮光；
北方在它们上空铺展紧贴的、蔓延的黑夜，
东方揭开她隐藏的喜悦，在破晓之前，
西方泣下暗淡的露珠，然后叹息着消退，
南方正倾洒着胭红如火的玫瑰：[2]
哦，沉睡、企盼、梦想和无尽欲求皆成空，
那灾祸的马群陷没于厚重的凡尘：
亲爱的，把你的眼睛半闭，让你的心跳动
在我的心上，你的长发滑落我的胸膛，
就让爱情的寂寞时分淹溺于静谧的深深暮光，
并隐藏起它们飞散的鬃毛和嘈杂的足音。

---

1 爱尔兰传说中，成群的仙马在天空、海浪和永生之境中驰骋。

2 北方表示黑夜和睡眠，东方表示日出和希望，南方表示正午和激情欲望，西方表示日落、消退以及幻梦。

安格斯的漫游歌[1]

我曾去到那榛树林[2]，
因为心中有团火，
砍下树枝削了一根榛木杖，
系上长线钩住一颗浆果；
当白蛾子漫天飞舞，
蛾子般的群星闪烁的时候，
我把浆果投进河里，
钓上一条银色的小鳟鱼。

当我把它放在地板上
转身要去吹旺炉火，
突然地板上沙沙响动，
有人在唤我的名字：
它变成一个亮闪闪的姑娘，

---

1 安格斯（Aengus）是爱尔兰传说中的（男）爱神，他爱上了梦中的美人，走遍世界寻找她。

2 榛树是爱尔兰传说中的圣木。

长发间还插着苹果花[1]，
她叫了我的名字便跑开
然后消失于一片辉光。

尽管我寻遍高山和低谷
在漫游中日渐衰老，
但我定会找到她的踪迹，
亲吻她的嘴唇，握住她的手；
然后走过斑驳的长草丛，
一路采摘直到时间终结，
月亮的银苹果，
太阳的金苹果。

1　叶芝初见茉德时，震撼于她的美貌，肌肤晶莹焕发，如阳光透射的苹果花。

他责备鹬鸟

鹬鸟啊，别在空中叫唤不停，
要么就去西天大海[1]里叫吧；
因为你的叫声会让我的心想起
那被激情迷蒙的眼睛和浓密的长发，
它曾铺散摇荡在我的胸膛：
而凄吟的风声里已有太多的恶意。

1　西方表示衰退和幻梦，大海象征漂泊无定的人世之苦。

诗人致他的所爱

我以虔敬的双手向你呈献
记载我无数梦想的诗集，
当白衣的你被激情淘尽
如潮水淘洗的鸽灰色沙滩，
以我比月钩更古老的心
当它为时间的暗火所盈满：
白衣的你怀着无数梦想，
让我献给你我激情的诗篇。

他回忆那忘却的美

当我用双臂将你环抱，我是把
我的心紧贴着美好，
尽管它久已被世间淡忘；
当大军败亡，君主们抛弃了
宝冠在幽暗的水塘；
那些金丝银线的爱情故事
多梦的名媛曾刺绣不辍
如今只把凶恶的蠹虫养肥；
那些玫瑰在昔日曾被
贵妇人编结在发髻，
佩戴着凝露的百合
走过一道道圣洁的长廊，
那里升腾着焚香的灰云
只有上帝才能不闭上眼睛：
因为那白净的酥胸和流连的手
来自一个更耽于梦想的国度，

一个更耽于梦想的时间；
而当你在亲吻和亲吻之间叹息
我听见那白衣的美神也在叹息，
因为每当这时一切必如露珠消隐，
唯有火中之火，渊中之渊，
王上之王在那里半睡半醒，
他们把佩剑搁在铁膝，
深思着她那孤高清寂的神秘。

他给爱人送去几行诗

你用一只金簪别住长发，
并束紧每一缕散乱的卷绺；
我叫我的心拼凑这些拙劣的诗：
它潜心笃志，日复一日，
用古老时代的战争
造出一种哀愁的美。

你只需抬抬白如珍珠的小手，
束紧你的长发，然后叹息一声，
所有的男人都会心脏燃烧狂跳；
烛光般的浪花冲刷迷蒙的沙滩，
群星攀上滴露如雨的夜空，
一切只为了照亮你途经的双脚。

致他的心，叫它不要害怕

你静一静啊，静一静，战栗的心；
要记住故老相传的名言：
谁要是战栗着面对烈火和洪涛，
以及在星路之间呼啸的狂风，
那就让星空的狂风烈火和洪涛
将他淹没埋葬，因为他不属于
那孤独又壮丽的行列。

爱者请求原谅他心绪纷乱

若这颗胡搅蛮缠的心烦扰了你的安宁，
净说些比空气还轻飘的话，
或只提出忽隐忽现、明灭不定的希望；
请揉碎你发间的玫瑰；
并用芬芳的暮光遮掩你的双唇，然后说，
“心啊，像风中的烈火一样纷乱！
风[1]啊，你比昼夜变换还古老，
你的呢喃和渴望来自
那鸽灰色的仙境里古老的
军鼓喧天的云石之城；
来自女王们用莹莹的双手织就的
那一层层皱褶的紫色战旗；
你曾见过年轻的尼芙[2]为爱而憔悴，
在迷离的浪涛上空兀自盘旋；

1 风象征那些朦胧的欲望和希冀，以及圣灵。

2 尼芙，爱尔兰传说中青春岛仙境的女王之一，她曾骑飞马跨海邀请人类英雄奥辛前往青春岛共享永生。三百年后，奥辛思念凡尘，返回人间而死。

你曾徘徊在一个凄清的隐蔽处
那最后的凤凰葬身之所，
用火焰裹紧他神圣的头颅；
但仍旧呢喃和渴望：
可怜的心啊，变换着直到变换也死亡
在一支纷乱的歌中”：
并遮掩你胸乳的洁白花朵
以你乌黑浓密的长发，
然后为渴望安歇的万物一声长叹
扰乱那芬芳的暮光。

他说到一座满是情侣的山谷

我梦见自己站在一座山谷，在一片叹息之中，
因为幸福的情侣们一对对从我身旁经过；
然后我又梦见我那逝去的爱偷偷从林中走出，
她那云一样白的眼睑还垂掩着梦一般深的眼眸：
我在梦中大叫：
女人啊，快让小伙子们安歇，
把头枕在你们的膝上,并用长发淹溺了他们的双眼，
不然他们就会想着她，再也看不见其余的美貌，
直到世上所有的山谷都凋零枯萎。

他说到无瑕的臻美

哦，云白的睑，梦影的眸，
诗人们劳碌一生
只为把无瑕的臻美以格律营建
却倾覆于一个女子的一眼
以及天上那不事劳作的一群：
所以，正当露珠滴下睡意，
直到上帝燃尽了时间，
我的心儿甘愿膜拜在你
和那不事劳作的群星面前。

他听见莎草的凄吟

我独自徘徊
在荒凉的湖水之滨
听见风声在莎草中凄吟：
终有一日天轴折断
星空不再运转，
东方和西方的旗帜[1]
都被抛入深渊，
黄道带也崩开，
你的胸膛再也无法
贴着你的爱人同眠。

1　叶芝所属的“金色黎明秘教会”的仪式上用来表示日与夜或光明与黑暗的标识。

他想到那些人对他的爱人恶语中伤[1]

半闭上你的眼睛，解开你的长发，
想想那些大人物以及他们的骄傲；
那些人说你的坏话并到处传播，
但这首小诗足以跟大人物的骄傲抗衡；
我只吹一口空气就把它写成，[2]
他们的子子孙孙会说他们撒了谎。

1 这首诗是叶芝对当时坊间盛传茉德·冈尼是法国人情妇的回应。但八个月后，1898 年 12 月，茉德亲口向叶芝承认所谓谣言属实。

2 在叶芝的童话中，精灵没有灵魂，身体里只有一口空气；他还常说，人生一世不过是一口空气。

神秘的玫瑰

遥远、隐秘、神圣的玫瑰，
请抱紧我，在我最激越的时刻；你看
那些人曾寻求你于圣墓
或酒桶之中，如今安然远离了挫败的
幻梦的惊骚和喧嚣；而你深深地
闭上白皙的眼睑，沉沉地熟睡，
被人称为美。你在巨大的花瓣里紧裹着
古老的长须，像加冕的东方三博士
满盔宝石和黄金；还有一位国王曾亲眼
目睹那被钉的双手和接骨木的十字架升腾[1]
于德鲁伊的迷雾直把火炬都遮暗；
最终他从徒然的狂怒醒来然后死去；还有他
曾遇见芳德踏着燃烧的露珠行走在
那永远不被风吹的灰色海滨，
却为着一吻失去了世界和艾玛[2]；

1　爱尔兰传说，北方的王者康胡尔（Conchobar mac Nessa）听闻耶稣死讯，因愤怒导致旧伤发作而死。

2　库胡林背着妻子艾玛与仙女芳德相好，艾玛大发妒火，率娘子军攻击他们。

还有他，曾把众神逐出他们的安乐窝，[1]
直到百日之晨花开正艳
他大宴宾客，并痛哭于他的烈士们的坟冢；
那位骄傲的梦想之王抛弃了皇冠[2]
以及忧愁，然后召集诗人和小丑
去深深的密林与浑身酒渍的浪游者同住；
还有他，卖掉了田产、房屋和所有家当，[3]
在一个个大陆和海岛寻觅了无数年，
终于，笑与泪满面纵横，他找到了
一位女子，她美得如此光彩明艳，[4]
让人可以在半夜里簸谷，凭她一缕卷发，
一小缕偷来的卷发。同样，我也等待着
你将那爱与恨的巨风席卷的时刻。

1　指柯尔特（Caoilte mac Rónáin），天人圣战后幸存的两位英雄之一。

2　北爱尔兰王福格斯把王位让给康胡尔，去山林隐居。

3　爱神安格斯为了寻找梦中的姑娘，抛弃了一切，走遍世界去寻找她。

4　叶芝心中的茉德·冈尼有着绽放光华般的美丽。

何时才能把群星吹散到天边，
像火星从打铁铺飘走，然后熄灭？
难道你的时刻已到来，你的巨风已卷起，
遥远、隐秘、神圣的玫瑰？

诗人祈求元素之力

其名其状不为生灵所知的诸般元力
已摘取了那永恒的玫瑰；[1]
纵使北极七星在飞舞中鞠躬又哭泣，
天龙之座仍旧沉睡，[2]
从隐隐烁烁的幽冥里松脱他沉重的盘曲：
何时他才从沉睡中觉醒？

巨浪、疾风和烈火的恢宏元力啊，[3]
请用你们谐和的圣歌
回绕我心爱的她并为她哼唱安息，
这样我的挂虑才能停歇；
请展开你们熊熊的翅翼，严实地遮盖
那日与夜交织的罗网。

---

1 天上象征理想之美的永恒玫瑰被投入凡尘就变成“人间的玫瑰”。

2 在北方星空上，天龙座围绕着小熊座。天龙（Draco Ladon）是神话中生命树、金苹果树的守护者。诗中的天龙座如玫瑰枝蔓，小北斗七星如玫瑰花。

3 诗中明确提到水、气、火三种元素。

头脑昏沉的晦暗元力[1]啊，让她不要再局促
像清淡的一杯海水，
当四风已聚拢而太阳月亮暗暗燃烧
在它多云的杯沿；
就让音乐织就的恬静一路流淌
无论她的脚步走向哪里。

1　第四种元素可能与土有关。

他但求他的爱人死去

假如你身躯冰冷已经死去，
星光黯淡，从西天消褪，
你就会来到这里，低下头，
我也会把我的头枕在你的胸口；
你会轻轻说出温柔的话语，
并原谅我，因为你已经死去：
不然你就会起身匆匆走开，
即便你有着飞鸟的志向，
但要知道你的长发已纠缠
捆绑在星辰、月亮和太阳：
哦，亲爱的，但愿你能躺卧
在酢浆草覆盖的大地，
当星光黯淡，一颗接一颗。

他但求天上的霓裳

要是我有那天上的锦绣霓裳，
织满金黄和银白的光芒，
那蔚蓝和薄暮以及幽冥的霓裳
刺绣着夜晚和白昼以及半暗半明，
我会把这霓裳铺在你的脚下：
但是我很穷，手里只有梦；
我已把我的梦铺在你的脚下；
轻些踩啊，因为你踩着的是我的梦。

他想起他当年身居群星的辉煌

我曾在那青春的国度里畅饮麦酒
但如今却痛哭，因为我知晓了一切实情：
我曾经是一株榛子树，高悬的
导航之星和曲犁之座
从未知的亘古便挂在我的枝头：
后来我变成一棵蒲草任群马践踏：
我成了一个人，一个恨风者，
但却知道，一个人若脱离万物，孤孤单单，
失去了深爱的女人，他的头便不能枕上那酥胸，
他的唇也不能吻上那秀发，一直到他死去。
哦，蛮荒的走兽，高天的飞鸟，
为何我必须忍受你们恋爱的啼叫？

七座森林

（1904）

箭

只要我一想起你的美，这支箭，
狂想制成的箭，就射进骨髓里边。
没有哪个男人敢打量她，没有人，
想当年，她初长成一个女人，
高挑又端庄，但脸蛋和胸脯
娇嫩的肤色像淡雅的苹果花。
如今这种美更亲切，但禁不住
我却哀叹那从前的美已过了季节。

受人安慰的愚蠢

一位非常好心的朋友昨天说：
“你的至爱已长出了白发，
她的眼角出现了点点暗影；
时间总会让人更容易变聪明
或早或晚便会明白，所以
你需要的只是耐心。”
我的心喊道，“不，
这种话没有一丝安慰，没有一毫。
时间总会让她的美再次重生：
因为她的风姿绰约和高洁，
当她行动时，她周身激荡的火焰
会燃烧得更加明艳。哦，她不会那样，
因为整个蓬勃的夏天都在她注视之中。”

心啊！心！若是她肯回一下头，
你就明白受人安慰多么愚蠢。

旧忆

思绪啊，向她高飞，当白昼终结
唤醒了旧日的一段回忆，去告诉她，
“你的力量如此崇高、猛烈又仁慈，
足以唤起一个新的时代，叫人又想起
很久以前人们想象的那些女王，
这只是你的一半：他在面团里揉进了
青春的漫漫岁月，但谁曾想到
那一切，不仅仅那一切，会转眼成空，
亲密的话语变得毫无意义？”够了，
要是我们能指责风才能指责爱情；
或者，如果还要说，也无须再提
这对迷失的孩子来说已是苛责。

绝不能献出全部真心

绝不能献出全部真心，因为爱情
似乎根本就不值得仔细思考，
对于激情中的女人只需要似乎
有那么回事，她们绝不会梦见
爱情的消褪，随着一次又一次亲吻；
因为一切可爱的东西都
短暂而又梦幻，只为着某种愉悦。
哦，绝不能彻底地献出真心，
因为她们，因为所有柔滑的唇都会说，
已经把她们的心都献给了游戏。
看看谁还能玩得足够精彩
要是爱得像个聋子、哑巴和瞎子？
本诗作者最懂得所有的代价，
因为他献出过全部的真心，然后都白费了。

亚当的诅咒[1]

那年的夏末，我们坐在一起，
有位美丽的淑女，你的闺蜜[2]，
还有你和我，我们谈到了写诗。
我说，"一行诗也许要花几个小时，
但若是表现不出瞬间的灵感，
再修修补补也是徒然。
那还不如跪下你的膝盖骨
去擦厨房地板，或像个老贫户
给人打石头，不论刮风下雨；
因为要把优美的语言化为诗句
是比这一切更艰苦的劳作，就这样
还要被人视为闲汉，让一大帮
银行家、校长和牧师们来聒噪，
这就是殉道者所说的世俗。"

---

1 亚当因为听了妻子的话偷吃禁果而被上帝诅咒，必须终身劳苦才能从地里获得食物，必须汗流满面才得以糊口。

2 茉德的妹妹凯瑟琳。

于是
那位美丽的淑女，为了她
有多少人会暗自神伤
听见她那温柔低沉的声音
答道，“生为女人就要懂得——
尽管在学校里从不说起这些——
我们必须辛劳才能成为美人。”

我说，“确实啊，任何好东西
自从亚当堕落之后都需要付出辛劳。
从前有些恋人以为爱情应该
复合了许多高贵的殷勤礼仪
所以他们会用博学的样子叹息
并引用那些精美古籍中的先例；
但现在看来真是一桩闲人玩意。”

说到了爱情，我们便渐渐沉默；
我们眼看着白昼的余烬终于熄灭，
然后在颤巍巍的青碧的天空
一弯残损的弯月，就像贝壳
让群星间涨落的时间潮水
冲刷磨损，过了日日年年。

我有一个想法只能说在你的耳边：
你如此美丽，而我也奋力
用那古老高贵的方式来爱你；
我们曾经那么幸福，但如今
精疲力尽，就像那轮空空的弯月。

乱蓬蓬的树林

哦，快快去那树林之中的湖水边，
舞步轻盈的雄鹿和他的夫人眼里看着
他们的倒影，便发出了一声叹息——
但愿没有人曾经爱过，除了你和我！

或者你可曾听见那位足踏银履滑过的
皎洁白皙、银辉烁烁的天上女神，
当太阳从他的金光斗篷向外探望时的歌吟？——
哦，没有人曾经爱过，除了你和我！

哦，快快去那乱蓬蓬的树林，因为
我将把那里所有的恋人都赶走，然后大喊——
哦，我的一份世界，哦，金黄的长发！
没有哪个人曾经爱过，除了你和我。

哦，不要爱得太久

亲爱的，不要爱得太久：
我就是爱得太久太久，
后来渐渐脱离潮流
像一首老歌。

哪怕我们年轻时
谁也分不清
自己和别人的想法，
个个都亲如一体。

但是啊，一分钟她就变卦了——
哦，不要爱得太久
否则你也渐渐脱离潮流
像一首老歌。

绿盔

（1910）

荷马歌唱过的女人[1]

若是哪个男人走近她
在我年轻的时候
我会想到，“他对她钟情。”
然后就又恨又怕地发抖。
但是啊，最难过的是
他竟然走过她身旁，
眼睛却无动于衷。

对此我又写又编，
到如今已头发斑白，
我梦想自己已经把思想
提上了某个高度
可以让后世说，
“他用一面镜子反映了
她的身姿是什么模样。”

1　叶芝把茉德·冈尼比作《荷马史诗》中的海伦。

因为她曾有沸腾的热血，
在我年轻的时候，
她的步伐那样的优美而骄傲
如同踏着云朵，
一个被荷马歌唱的女人，
让人生和文学都显得
不过是英雄的梦一场。

文字

我曾经有过这样的念头：
“我的爱人不能理解
我做过或要做的事，
在这块茫然又严酷的土地。”

然后我渐渐厌烦了太阳
直到我的头脑恢复条理，
回想我做过最好的事
就是向你坦白；

曾经每一年我都呼喊：“到最后
我的爱人会完全理解，
因为我已经用尽全力，
让文字都遵从我的召唤”；

若她当真如此，谁还能说
筛子里会筛掉些什么东西？
也许，我早该抛弃可怜的文字
然后活得心满意足。

世间再无特洛伊

为什么我该责备她让我的日子
痛苦不堪，或说她近来
向无知的人传授最暴力的方式，
或鼓动小民去干一票大的，
只要他们的勇气跟欲望相当？
既然心灵的高贵已赋予她火一般的单纯，
又有美貌，如一张绷紧的弓，
崇高、孤独又极度坚毅，
这种人在如今的时代是不自然的。[1]
那还有什么能让她安宁？
啊，她生得如此，还能去做什么？
难道还有一个特洛伊供她焚毁？

1　叶芝印象中的茉德一直像是活在古代文明中的人，面容如同古希腊雕塑，身姿如同古罗马诗人维吉尔笔下的女神。

和解

也许有人会责备你夺走
那些本应让他们感动的诗,
当日,我双耳震聋,两眼全盲,[1]
如遭霹雳,你离开了我,我再也
找不到可以讴歌的灵感,除了国王
盔甲和刀剑,以及半被遗忘的
那些仿佛与你有关的记忆——但现在
我们该走出了,因为世界安好,一如既往;
而当我们大笑和痛哭,
会把那些盔甲王冠和刀剑投进深坑。
但亲爱的紧靠着我吧;自从你离去,
我那贫瘠的思绪已经寒透了骨头。

---

1 1903年2月7日晚,叶芝在登台演讲前接到莱德·冈尼与约翰·麦克布莱德结婚的消息,备受打击,导致整场演讲不知所云。这首诗作于1908年。

和平

啊，若时间能勾勒一个形体，
叫它展示荷马时代会孕育
怎样的美人，以作为英雄的酬劳。
“若非她的整个一生唯有风暴，
难道画家们就画不出一个形体
具有如此高贵的线条，”我要问，
“具有如此优雅高昂的头颅，
在娇媚之中有无比的坚毅，
在强健之中有无比的甜美？”
啊，但和平最终必将来临，
当时间勾勒出了她的形体。

酒歌

美酒口中鉴，
真爱眼里辨；
名言众所知，
莫待空老死。
举杯眼望你，
掩唇长叹息。

反对不相配的赞美

心啊，安宁些吧，因为
无论流氓或傻瓜都不能破坏
那些只求一位女子会意
却不需要别人喝彩的事情。[1]
足够了，如果有这份努力，
那么她就会让你恢复力量，
仿佛一个梦，一头狮子曾做过的
直到野性怒吼醒来的梦，
一个秘密，一个你们之间，
骄傲者与骄傲者之间的秘密。

怎么，你还是想要他们的赞美！
但这里有一部更高傲的文辞，
在她的人生时日的曲径迷宫
她总困惑于自己的陌生感；
还有她梦想中付出的一切是怎样

1　茉德·冈尼因与麦克布莱德离婚而遭到非议，在剧院被人嘘场。

从同一个傻瓜和流氓那里
换来了造谣诽谤、忘恩负义；
是的，还有比这些更恶劣的侵害。
然而她，一路行走一路歌唱，
一半狮子一半孩童，无比安宁。

智慧随时间而来

尽管枝叶繁多，但根茎只有一个；
经过了年轻时所有说谎的日子
我已在阳光下摇落枝叶和花朵；
现在我可以凋零了，成为真实。

面具

“卸掉面具吧，尽管它金光闪耀
还镶嵌着祖母绿的眼睛。”
“不，亲爱的，你这样做太鲁莽，
只想看看心灵能否狂野又聪慧，
同时又不冷漠。”

“我不过想看看那里有些什么，
是爱情还是欺骗。”
“正是面具充斥了你的头脑，
然后又叫你的心怦怦乱跳，
而不是它背后的东西。”

“但生怕你是我的敌人，
我必须查清楚。”
“不，亲爱的，即便那样，
又有什么关系，只要有一团火
在你和我的心里？”

棕色铜板

我自言自语，“我还太年轻，”
然后又说，“我已经足够成熟；”
为此，我抛起一枚铜板
来看看我是否可以恋爱。
“去爱吧，去爱吧，年轻人，
如果那位女士年轻美丽。”
铜板啊，铜板，棕色的铜板，
我正被她的秀发纠缠。

爱情是个狡猾的东西，
没有谁能足够聪明
去看看那里面藏着什么，
因为他心里只想着爱，
直到群星都已隐退，
阴云遮住了月亮的脸。
铜板啊，铜板，棕色的铜板，
无论何时开始恋爱都不嫌早。

责任

（1914）

致一位风中起舞的女孩

你在海滨起舞；
还有什么必要在乎
大风大浪的咆哮？
散开你的长发吧
既然咸水已把它打湿；
你还年轻不会懂得
傻瓜的胜利，也不懂
爱情失去如同赢得一样轻易，
更不懂那位庄稼能手已死去
而麦捆都还未收进仓廪。
还有什么必要畏惧
那狂风的尖厉嘶吼？

两年后

难道没人说过，胆大的
亲切的眼睛应该更有学识?
没人告诫你，飞蛾扑火
那是怎样的一种绝望?
我本可告诫你；但你太年轻，
我们说着不同的语言。

哦，你会接受各式各样的馈赠
并梦想整个世界与你为友，
会遭受你的母亲遭受过的，
最终也同样会破灭。
但我已衰老，而你那样年轻，
我说的是野蛮的语言。

青春的回忆

那些时光流逝如同演剧一场；
我曾有过爱情催生的智慧；
我曾有过机敏之母赋予的天才，
然而不管我怎样能说会道，
即便我曾赢得她的赞赏，
那割喉的北风仍吹来一片乌云
猛然间把爱情的明月遮挡。

请相信我说的每一个字，
我赞美过她的肉体和心灵
直到骄傲使她两眼发光，
喜悦让她两颊通红，
虚荣令她脚步轻盈，
但哪怕千般赞美，我们的所见
只有头顶上那漆黑的一片。

我们坐着像石头一样沉默，
尽管她一言不发，但我们都知道
即便最美好的爱情也终有一死，
而且早已经遭到了残酷毁灭，
除非爱情会因为听见
一只最滑稽的小鸟的叫唤
从乌云里扯出那神奇的明月。

沦落的王权

曾经，只要她露出面容便会有万众云集，
就连老人家也目光迷蒙，如今只有这只手
还像吉卜赛营地的某个最后朝臣
念叨着沦落的王权，记下曾经的过往。

那容颜，那因欢笑而变得甜美的心，
这些，这些都还存在，但我要记下曾经的过往。
万众仍将云集，但不会知道他们行走的这条大街
曾经有一样东西走过，她的身姿像一朵火烧的云。

让黑夜降临

她生于风暴和斗争，
她的灵魂太渴望
牺牲的光荣
所以不能忍受
寻常的生活乐趣，
而要活得像个国王
在他大婚之日
方旗和燕尾旗林立，
小号与定音鼓齐鸣，
还有那震天响的礼炮，
把时间轰出去
让黑夜降临。

朋友们

现在我必须把这三人称颂——
这三位女子[1]所造就的
喜悦充实了我的生活：
一位是因为毫无私心，
也没有那些绕不开的忧虑，
没有，从不曾在这十五个
多灾多难的年月里
出现过什么能够隔阻
心灵和愉悦的心灵；
另一位是因为她的手
有力量能够解开
那些无人能理解，
无人能拥有它还茁壮成长的，
年轻人梦想的重负，直到她
像这样改变了我，让我活在
辛劳和狂喜之中。

---

1 三位女子分别指叶芝的前女友奥莉维亚、挚友格雷戈里夫人和精神伴侣茉德。

但还有一位又怎样？她夺走了
一切，直到我青春不再
她仍吝惜着怜悯的一眼。
我怎么能赞美这一位？
每当天色渐明的时候
我计算我的得与失，
因她的缘故保持清醒，
回想着她的所有，
那鹰隼般的眼色仍历历在目，
同时在我的心底便涌出
一股磅礴的甘泉
令我从头到脚不停战栗。

外衣

我给我的诗做了件外衣，
上面的精美刺绣
出自古老的神话，
从头到脚缀满；
但有些蠢人把它偷走，
还穿上它满世界炫耀。
我的诗啊，让他们穿吧，
因为要有更大的雄心壮志
才敢赤身裸体出门。

柯尔的野天鹅

（1919）

柯尔的野天鹅

树木都穿上了秋季的衣裙，
林区小路干爽，
十月的暮光里湖水如镜
映着静寂的天空；
在礁石间满溢的水面上
有五十九只天鹅。

从我第一次给它们点数至今
已是十九个秋；
但还没计算清楚，我看见它们
猛然飞升
把一圈圈破碎的巨轮崩散[1]
于喧响的翅翼。

我曾目睹那些神奇的生灵，

1 爱尔兰传说，爱神安格斯历尽艰辛，终于在龙口湖找到了心上人凯耶儿（Caer Ibormeith）。她和许多姑娘被锁链锁住，每年立冬节都要化身为天鹅。安格斯认出了凯耶儿，他们双双化作天鹅高飞，留下了美妙歌声。

如今却感到心碎。
全都变了，自从我第一次来到
这暮光的湖畔
听见它们的翅翼在上空如钟鸣阵阵，
不忍踏响脚步。

它们永不疲倦，情侣相依着，
畅泳在冷冽
可亲的溪水中，或是凌空攀升；
它们的心尚未衰老；
激情或雄心，无论它们漫游何方，
都始终陪伴身旁。

尽管此刻它们漂浮在静寂的水面，
神秘，美好；
会在怎样的蒲草丛中它们筑巢，
怎样的湖畔或塘边
再去悦人眼目，当我某日醒来
发现它们早已飞走？

悼念罗伯特·格雷戈里少校[1]

1

现在我们已差不多安顿好新居，
我想召唤一些老友，虽无法与我们
在这座古塔围着泥炭的火炉共饮
并一直交谈到夜深之后
才爬上窄窄的旋梯上床睡觉：
他们是遗落真理的探寻者
或仅仅是我年少时的玩伴，
所有，所有浮现在我今夜思绪中的都已死去。

1　罗伯特·格雷戈里（Robert Gregory，1881–1918）是叶芝挚友格雷戈里夫人的独子，英军飞行员，1918 年在意大利被击落。叶芝一共为他写过四首悼念诗。

2

我们总喜欢带新朋友去见老朋友，
但若是某一位显得冷漠，我们又很受伤，
像伤口撒盐一样加深
我们内心情感上的痛楚，
而争吵则是在脑袋上爆炸；
但我要介绍的朋友没有一位
会在今夜导致我们争吵，
因为所有来到我心中的这些人都已死去。

3

莱昂内尔·约翰逊[1]最先叫我想起，
他热爱他的学术多过爱世人，
但对人渣也讲礼貌；狠狠跌倒之后他
开始忧虑圣洁问题
直到他所有的希腊拉丁学术仿佛
号角的一声长鸣率领着
他的思想稍稍靠近了
他梦寐以求的一种无限圆满。

1　莱昂内尔·约翰逊（Lionel Johnson，1867–1902），英国颓废诗人，天主教徒，死于酒后跌倒。

4

那个爱刨根问底的约翰·辛格紧跟其后，
他死命也要选择一个活的世界来作文
而且进了坟墓也绝不肯好好安息，
但是，经过漫漫旅途，他终于
在天黑之前找到了确切的场景，
它远远地设在一个最为荒凉的石头地，
在天黑之前找到了一个种族，
他们热烈而又单纯，跟他的心一样。

5

然后我想起了老乔治·波莱克森[1]，
他年轻力壮时的马术，无论围猎还是赛会
在梅约人当中都是鼎鼎有名的，
这运动本可以好好展示骏马之纯良
和身手之矫健，纵使激情澎湃，活着
也不过像那恣意纵横的群星倾斜
以对分、四分和三分的相位；
后来渐渐变得笨拙无力，耽于冥想。

1　乔治·波莱克森（George Pollexfen，1839–1910），叶芝舅舅，精通占星术。

6

多年来他们是我亲密的友人，
仿佛我的心灵和生命的一个组成部分，
如今他们停止呼吸的脸庞仍旧张望着
像是在一本老旧的图画书里边；
我已经习惯了他们的无气无息，
但无法接受我亲爱的朋友的亲爱的儿子，
我们的锡德尼[1]，我们的完美典范，
竟也要一并遭受这死亡的非礼。

---

1 锡德尼（Philip Sidney，1554–1586），文武双全的英国著名诗人，为国战死，被奉为绅士典范。

7

因为眼前所见这赏心悦目的一切
都曾是他的所爱；暴风摧残的老树
把它们的阴影投向道路和桥梁；
古塔矗立在溪流的岸边；
河滩每夜都有饮水的牛群来
骚扰，被这响声惊吓的
水鸡必须更换它的住所；
他本该是你最衷心的迎接者。

8

领着戈尔韦猎狐犬，他常驰马
从泰勒城堡去到洛克斯堡那边
或埃塞凯利平原，没几个人能跟上他的速度；
在穆宁他曾跃过一处险地，
那惊险吓得同去围猎的一半人
都闭上了眼睛；还有在哪儿来着
他骑了一场赛会连马勒都没上？
然而他的头脑更快过马蹄。

9

我们梦想能有一位伟大的画家诞生

来描绘冷冷的克莱尔岩石和戈尔韦岩石以及荆棘，

那严酷的色调和那柔美的线条，[1]

这些也是我们的秘密修行

以此让凝注的心倍增她的力量。

士兵、学者、骑手，他，

此外他还秉着强烈的感受

把一切发表，让世界为之欣喜。

1　罗伯特·格雷戈里曾立志成为一个画家，叶芝称赞他的绘画刚柔并济。

10

还有谁能这么周全地指点我们
一座房子所有美妙的复杂性，
能像他那样谙熟，那样了解
所有工艺，无论用金属用木材
还是用石膏倒模或者石头雕刻？
士兵、学者、骑手，他，
所有一切他都做得如此完美
仿佛他只是在专精一个行当而已。

11

有人在烧湿柴，其余的人也许是在
把整个可燃的世界耗费在一个小房间里
就像烧干草，如果我们转过头去
那空空的烟囱就会熄灭殆尽
因为工作已经在那火焰中完成。
士兵、学者、骑手，他，
仿佛整个一生的摘要。
但是什么让我们梦见他竟在梳理白发？

12

眼看那狂风凄厉地撼动窗扉
我曾想着在心中回忆起
所有那些成年时受过考验，或童年时得过宠爱，
或年少才俊时赢得赞许的人，
把恰当的评价分给每一位；
直到想象力能带来
一种更为贴切的致辞；然而一想到
最近的死亡，便被它占据了我所有想说话的心。

人随年纪长进

我在梦想中凋残；
像一座风化斑驳的人鱼
在流水里深埋；
一整天我端详着
这位女士的美貌
仿佛从前我发现了书中的
一幅美人照，
满足于开阔眼界
或明辨了耳朵，
欣喜于一点聪明，
因为人随年纪长进；
但是啊，但是，
这是我的梦想还是真实？

哦，假若我们曾相遇
当时的我还有如火的青春！
但我已在梦想之中衰败，
像一座风化斑驳的人鱼
在流水里深埋。

所罗门和示巴对唱[1]

吻着示巴的黑脸蛋，
所罗门对她唱道：
“一整天从正午
我们都在一个地方交谈，
一整天从没有影子的日中
我们一直转来转去
绕着爱情的狭小话题
像厩栏里的一匹老马。”

1 在中东传说中，以色列所罗门王和非洲的示巴女王互相仰慕对方的智慧，后结为夫妇。叶芝在诗中将他和妻子乔吉的关系自比所罗门王和示巴女王。

坐在所罗门的膝头，
示巴对他唱道：
“要是你能钻研一个问题
让有学问的人心悦诚服，
你就会在太阳把我们的
影子投到地面之前发现，
并非话题，而是我的思绪
才是一个狭小的厩栏。”

吻着示巴的阿拉伯眼睛，
所罗门对他说：
“诸天之下出生的
男男女女没有一个
敢与我们两人比拼学问，
这一整天来，我们已发现
除了爱，再没有什么能把
世界变成一个狭小的厩栏。”

生机勃勃的美[1]

鉴于灯芯煤油俱已燃尽，
输血之渠亦告冰封，
我令我那不满的心转而满足
凝滞的美从青铜模子里
铸出，或以迷人的石雕显现；
虽说现身，但我们走后它便走了，
对我们的孤独如此漠不关心
甚于一场幻影。心啊，我们老了；
生机勃勃的美属于年轻人：
我们付不起它索要的滔滔眼泪。

1　本诗作于 1917 年，当时叶芝在茉德·冈尼家中向伊素特求婚失败。

黎明

我愿像这黎明一般无知，
它曾俯视
一位老女王丈量城市[1]
用胸针的细尖，
或看过那些枯槁的男子
从学究气的巴比伦
张望着群星满不在乎的轨迹
隐没在月亮升起的地方，
然后掏出写字板进行统计；
我愿像这黎明一样无知，
它只停留一瞬，摇响那璀璨的厢车[2]
在骏马的阴云笼罩的肩轭；
我愿——既然学问一文不值——
像这黎明一般无知又放肆。

---

1 爱尔兰传说中的女战神玛查（Macha）用胸针在北方画了一座城，后建成北爱尔兰的王都阿玛城（Armagh）。玛查也是马神。

2 太阳神的战车。

致一位年轻美人[1]

亲爱的艺术同仁，你怎能随便
结交形形色色的朋友，
结交各种男男女女？
应该在人杰中选择你的同伴；
那些总跟别人一块提水桶的人
很快就会扑通滚下山去。

镜子是一所学校，你可以
激情热烈，但不要
像寻常美女那样慷慨，
她们生来就不是要打扮成
以西结老头的智天使[2]
而是博瓦莱笔下那种。[3]

1　本诗作于 1918 年，叶芝写诗告诫伊素特，不要随便结交放浪的艺术家。

2　《旧约·以西结书》中描述了四面四翼的智天使（基路伯），驮着上帝的宝座。

3　后世将智天使表现为双翼的可爱娃娃。在法国雕刻家雅克·博瓦莱的作品《爱情贩子》中，小天使被装在篮子里贩卖。

我知道美女会付多少报酬，
她的仆人要过怎样的艰苦生活，
还依旧赞美已度过了隆冬：
没有哪个傻瓜会把我称为朋友，
但在人生旅途的尽头，我可以
跟兰道和邓恩共进晚餐。[1]

1 瓦尔特·兰道（1775–1864）和约翰·邓恩（1572–1631），均为英国杰出的诗人。

一首歌

我原想不需要太多
就能延长青春，
像哑铃和击剑
可保持身体年轻。
但是谁能预料
心也会变老？

尽管我有千言万语，
怎样的女人才会满意，
因为在她身旁
我不再虚弱无力？
但是谁能预料
心也会变老？

我没有失去情欲

只少了那颗曾经的心；

我原想到我临死的时候

它会点燃我的身体，

但是谁能预料

心也会变老？

残梦

你的发间已有花白。
小伙子不会再突然屏住呼吸
看着你走过；
但也许会有些老头喃喃祈福
因为正是你的祷告
令他康复于等死的病床。
只因有你——深知所有的心痛，
又给予其他人所有的心痛，
从瘦弱的少女时代便负担起
沉重的美——只因有你
上天才撤销了她宣判的钟鸣，
多伟大的天赋啊，你只需在房里走动
便能带来安宁。

你的美在我们当中只能留下
模糊的回忆，回忆而已。

有个小伙子等老人们结束谈话
会对老人说，“跟我讲讲那位女士吧，
竟能让诗人强撑着激情给我们歌唱
尽管年岁也许早已凉透了他的热血。”

模糊的回忆，回忆而已，
但在坟墓中一切，一切，都将更新。
实实在在我将看见那位女士
或倚或立或行走，
带着成熟女性的最初魅力，
还有我年轻的眼中的狂热，
令我喃喃自语像一个傻瓜。

你比任何人都更美丽，
然而你的身体也有过缺陷：
你的小手就不够美，

我担心你会跑去
把手腕浸泡
在那永远盈满的神秘的湖里
像那些已经遵从了神圣律法的生灵
浸入然后完美。请不要改变
我曾吻过的这双手，
看在老交情份上。

子夜的最后一记钟鸣消隐。
一整天坐在一把椅子上
我从梦到梦又从韵到韵一路神游，
跟空虚的形象漫步闲谈：
模糊的回忆，回忆而已。

致一位少女[1]

宝贝啊，宝贝，我知道，
比其他的人更明了
是什么让你的心狂跳；
就连你的亲生母亲
也不如我这样明了，
她让我为她伤透了心，
那时的疯狂念头
如今她否认
且已忘怀，
却曾使得她热血激荡
并在眼中熠熠闪光。

1　本诗作于 1915 年，写给伊素特。

记忆

一位有美丽的相貌，
两三位有动人的魅力，
但魅力和相貌都是枉然
因为山坡的青草
只能保持原来的形状
在山坡被野兔匍匐过的地方。

重誓

因为你没能遵守那个重誓[1]
别人就成了我的朋友；
然而每次当我直面死亡，
当我登上睡眠的高峰，
或当我酒后得意忘形，
突然间就看到了你的脸。

1　茉德·冈尼曾发誓终身不嫁，后来却食言了。

女鬼

这一夜总有些诡异，弄得我
仿佛根根寒毛直竖上头顶。
从太阳落山我便恍惚梦见
几个女人欢笑着，有的羞涩有的放肆，
在蕾丝或丝绸面料的窸窣声里，
登上我咯吱作响的楼梯。她们定是都读了
我在诗中写过的那鬼怪东西：
有回应却没有回报的爱。
她们站在门口又站在
我的大书案和壁炉中间，
一直近得让我听见她们的心跳：
一个是妓女，另一个是女孩，
她还从未用情欲的眼打量过男人，
还有一个，也许啊，是女王。

一个傻瓜的两首歌

1

一只花斑猫和一只乖乖兔[1]
都在我家炉边吃东西
然后在那儿睡觉；
两个都指望我一人
获得知识和保护，
就像我要指望上天。

我常从梦里惊醒，
想到有一天我也许忘了
给它们食物和饮水；
或者，房门没关，
兔子会跑出去，直到它发觉
号角的优美旋律和猎狗的牙齿。

---

1 花斑猫指乔吉，乖乖兔指伊素特·冈尼。

我背负的重担真适合考验
事事循规蹈矩的人，
而我又能做什么，
一个胡思乱想的傻瓜
除了祈求上帝叫他减轻
我的重大责任？

2

我睡在炉边的三脚凳上，
花斑猫睡在我的膝上；
我们从来不想去打听
棕毛兔会在哪里，
房门有没有关。
谁知道她怎样吸着冷风
从垫褥上伸长两腿，
在她已经打定了主意
要鼓动脚跟然后跳出去之前？
如果我从梦里醒来
呼唤她的名字，她听见了，
也许吧，但没有反应，
那就是说，也许吧，她已发觉了
号角的优美旋律和猎狗的牙齿。

麦克·罗巴蒂斯和舞者

（1921）

所罗门和女巫[1]

那位阿拉伯夫人如是声言：
“昨晚，在疯狂的月下
我在茵茵的芳草上席地而卧，
在我怀里是伟大的所罗门，
我突然用一种奇怪的语言叫嚷起来，
不是他的，也不是我的语言。”
那位通晓
各式各样的言语、感叹、歌唱、嘶吼、猫喵、
狗吠、驴鸣、鹿呦、呼喊、叫嚷、鸡啼的智者
随即答道：“有一只小公鸡
曾在一株花团锦簇的苹果树上啼鸣，
但从人类堕落前三百年
至今却没有再啼一次，
现在也不会，除非他认为
机遇终于和选择合而为一，
那颗贼苹果所造成的一切

1　即所罗门和示巴，叶芝和妻子的自比。

以及这肮脏的世界都终于灭亡。
他的啼鸣曾唤出永恒，
却想着把它重新啼回去。
因为尽管爱情有一只蜘蛛眼
能够为每一根神经找到——
是啊，尽管所有的激情都在眼光之中——
与之相应的痛苦，并测试相爱者，
以机遇和选择的残忍；
然后当这桩谋杀终于结束
也许婚床还会带来绝望，
因为每一个想象的形象一产生
便会在其中找到一个真实的形象；
然而世界终将结束，当这两个东西
虽各自不同但却合为同一道光，
当灯油和灯芯燃成了一体；
因而昨晚那一轮蒙福的月亮

便将示巴赐予她的所罗门。”

“然而世界却依旧。”
“若是这样，
你的小公鸡就会发现我们犯了错，
尽管他认为这也值得为之啼鸣。
或许是一个形象太过强大，
又或许是它还不够强。”

“夜色降临了；那森严的圣林里
悄无声息，唯有
一片花瓣敲落在地上；
林中也阒无人迹，
除了我们躺卧的地方被压皱的芳草；
而月亮一分一秒愈加疯狂。
哦！所罗门！我们再来一次吧。”

土星影下[1]

不要因为这一天来我变得郁郁寡欢
就想象是失恋使我忧伤憔悴，因为我没有
别的青春，它便与我的思维密不可分；
但我怎么会忘记你带给我的智慧，
你给予我的慰藉？我的头脑已远在
幻梦之中奔驰，我的马匹亢奋于
童年的记忆：有老杂毛波莱克森，
有米德尔顿，你还没听说过这个名字，
有一个红头发的叶芝[2]，尽管虽然他死于
我出生之前，但仍留下鲜活的记忆。

1　这首诗是叶芝写给妻子乔吉的。西方占星术认为当土星落在星盘占显著位置时会造成土星气质，导致人抑郁。

2　红头发的叶芝指叶芝的祖父威廉·叶芝牧师。

你会听见一位曾为我的家族服务的工人，
他在斯莱戈码头附近的大马路上说——
不，不，不是说，而是大喊——“你又回来了，
过了二十年确实是该来的时候了。”
而我想起一个孩子许过的空头誓言，
永不离开他的父辈称之为家园的山谷。

巴利里塔铭文

我，诗人威廉·叶芝，
用旧磨坊的木料和海绿色的板岩，
以及来自戈特镇锻造场的铁器，
为我的妻子乔吉修缮了这座塔楼；
愿这些文字长存，
哪怕一切又再度毁灭。

1916年复活节

我曾在每日下班后见到他们
脸上带着生动的表情
离开柜台或办公桌
走出十八世纪的灰暗房屋。
我曾在过路时向他们点头
或说些客套的闲话，
或停留片刻，然后再说些
客套的闲话，
但还没说完就想起
一个讽刺或揶揄
可以去逗乐
酒吧壁炉旁的伙伴，
毫无疑问他们跟我一样
都生活在花衣小丑的舞台。
一切都变了，彻底变了：
一种可怕的美诞生了。

那个女人[1]把白日都消耗
在无知的好心
而夜晚用于辩论，
直到她的嗓子越来越尖厉。
谁的嗓子能比她更甜美，
想当年她青春亮丽
在猎场跃马驰骋？
这个男人[2]办过学校
也骑过我们的飞马[3]；
另一位是他的助手和朋友[4]

1 康斯坦丝·马尔凯维奇（1868–1927），叶芝的好友、女革命者。

2 帕特里克·皮尔斯（1879–1916），教育家、诗人、起义领袖之一。

3 古希腊神话中，缪斯女神的坐骑是飞马珀伽索斯。

4 托马斯·麦克多纳（1878–1916），皮尔斯同仁，起义领袖之一。

加入到他的队伍；
他将来也许赢得名声，
因为他的天性那么敏锐，
他的思想那么勇敢又迷人。
接下来这位我曾想象

是一个酒鬼，虚荣的蠢货。[1]
他曾犯过最卑鄙的罪恶
对我心中最贴近的那个人，
但我还是要在诗中数到他；
他，也同样抛弃了他的角色
脱离这场肤浅的喜剧；
他的表演也同样改变了，
彻底变形了：
一种可怕的美诞生了。

1 指莱德的丈夫约翰·麦克布莱德（John MacBride，1865–1916）。

所有的心都为着一个目的
但历经酷暑严寒仿佛
中了魔法变成石头
来阻挡那鲜活的溪流。
打远路而来的骏马，
骑手，绵延的鸟群
从云端飞向翻腾的云端，
它们一分钟一分钟地变换；
溪流里一片云朵的倒影
变换着一分钟一分钟；
一只马蹄在水边打滑，
一匹马在水中扑腾；
长脚的水鸡们冲下来，
雌鸟向着雄鸟啼鸣；
它们一分钟一分钟地生活；
而那石头在这一切中间。

太漫长的牺牲
会把心变成一块石头。
哦，何时才足够？
那是上天的责任，我们的责任
是轻轻呼唤一个个姓名，
像母亲呼唤她的孩子，
当沉睡最终降临
在那些曾经狂奔的肢体。
除了夜晚还能是什么？
不不，不是夜晚而是死亡；
这死亡究竟是不是不必要的？
因为英国也许信守承诺
履行它做过说过的一切。

我们知道他们的梦想；只需
知道他们有过梦想并付出生命就够了；
哪怕是过度的爱
迷惑着他们一直到死又怎样？
我把这一切写成诗歌——

麦克唐纳、麦克布莱德、
康诺利和皮尔斯诸君
在此刻以及将来，
在任何披挂绿装[1]的地方，
都变了，彻底变了：
一种可怕的美诞生了。

1　绿色是爱尔兰的代表颜色。

致一个政治犯[1]

她从前不太懂什么叫耐心，
年少时如此，但如今却能够
让一只灰鸥忘掉恐惧飞进
她的囚室并在那里栖息，
在那里忍受她手指的抚摸
并从她的指间啄食。

当她抚摸那孤单的羽翼
是否会怀想过去？那时她的心尚未
变成一种苦涩，一个抽象物，
她的思想尚未成为大众仇恨：
瞎子和瞎子的领路人
在他们躺卧的污渠里饮水。

1　这首诗写给康斯坦丝·马尔凯维奇，1916年复活节起义失败后，她和茉德·冈尼被关在同一个监狱。

多年前当我看见她驰马
从布尔本山赶赴赛会，
她那乡野自然的美
激荡所有小伙子孤独的野性，
她的样子已长得灵巧可爱
像一只礁石养育、海中生长的鸟儿：

海中生长，或空中翱翔，
当它第一次跃出鸟巢
从高高的悬崖上空眺望
那阴云密布的天穹，
在它被风暴吹打的胸膛之下
咆哮着大海的深渊。

第二次降临

转啊转啊，在肆虐的旋涡中
猎鹰不能再听从驯鹰人；[1]
万物离散；中心无法维持；
唯有暴乱在世界泛滥，
血污的洪潮在翻涌，到处
都有无邪的典礼被淹溺；
精英丧失了所有信念，而人渣
却充满极度的狂热。

确实有某种启示就要到来；
确实第二次降临[2]就要到来。
第二次降临！这些字才刚出口
一幅出自“世界之灵”的宏大图景
闯进我的视野：在大沙漠的某处
一具狮身人面的形体，

1　在但丁《神曲》中，维吉尔像驯鹰人驭鹰那样召唤巨兽革律翁，驮着两位诗人下到深层地狱。

2　在基督教中原指耶稣重临并进行最后审判。诗中指世界末日。

它空洞无情的独眼如同烈日，
正挪动着迟缓的腿股，而在它四周
是愤怒的沙漠鹫群呼旋的阴影。
黑暗再次笼罩，但此刻我明白了
二十个世纪的僵死沉睡
正是被摇篮的晃动扰成噩梦，
然后是怎样凶暴的巨兽，终于轮到了它的时日，
正疲沓地走向伯利恒去投生？[1]

1　伯利恒是耶稣的出生地。

为女儿祈祷

又一次狂风咆哮，半掩在
这摇篮的护罩和盖被，
我的孩子睡着了。再没有屏障，
除了格雷戈里家的树林和一座秃山，
于是那掀屋揭瓦的狂风，
起于大西洋，在此无可阻挡；
整整一个小时，我徘徊又祈祷，
因为那巨大的阴郁笼在我心头。

我徘徊又祈祷，为了这婴儿一个小时
耳中听到海风呼啸在塔楼顶上，
在桥拱底下，又呼啸
在榆树林里在泛滥的溪流上；
我在亢奋的幻梦中想象
未来的岁月已经舞蹈着
随着一阵狂暴的鼓点，
从大海那残酷的无邪中浮现。

愿她被赋予美貌但不要
美得让陌生人目乱神迷，
或让自己在镜前沉醉，因为，
要是生得过于美貌，
会以为有美貌便已足够，
因而失去了善良的天性，还可能
失去那种敞开心扉的亲密
所带来的选择，永远找不到朋友。

海伦的命中已注定一生平淡乏味
然后为了个傻瓜招惹无数烦恼，
而那位大女神，从浪花中诞生的，
没有爸爸便可以自己选择
然而选到个瘸腿的铁匠做丈夫。[1]

---

1 古希腊神话中的美神、爱神阿芙洛狄忒生于海中，因而是没有父亲的，她后来嫁给瘸腿的火神、锻造神赫斐斯塔斯。叶芝一直对茉德另嫁他人很不理解。

确实那些贵妇人吃的是
疯狂的沙拉来佐餐
因此丰饶角也被破灭。
对于殷勤好意我希望她尤其明了；
真心并不来自天赋，相反真心总是
让那些并不十分美丽的人赚到；
但有很多人却曾经为着美貌本身
一再犯傻，直到魅力化成智慧，
还有很多可怜人曾经彷徨着，
爱过，还以为自己是被爱，
最后却被可人的贤惠定住了眼睛。

愿她长成一棵茂盛而隐秘的大树，
让她的所有思绪都像红雀那样
无忧无虑，只需向四方传送
它们宽宏大量的歌喉，
除嬉戏之外不用去追逐，
除嬉戏之外不必吵嘴。

哦，愿她活得像一棵常青的月桂
扎根在某片永恒的沃土。

我的心，因我曾爱过的那些心，
因我曾赞许过的那种美丽，
有过一瞬滋润，后来便干涸了，
但还是懂得若被仇恨堵塞
就让各种厄运占到了先机。
如果心里没有仇恨
无论狂风侵袭和打击
都不能把红雀从枝叶上分离。

还有一种理智的仇恨才最糟，
会让她以为有观点就是该死的。
难道我未曾见过一位最可爱的女子
生于丰饶角之口，
因为她心中有自己观点
便将那宝角和所有一切

让能安分的天性理解到的好处
去交换了一口充满怒吼的破风箱？[1]

想到这些，一切仇恨又被驱散，
灵魂回复了它根本的无邪
并认识到这些不过是自我陶醉，
自我安慰，自我恐吓，
明白自己的美好愿望只是上天的愿望；
而她，不管每一张脸都怒视，
每一处风吹都咆哮
或每一个风箱都鼓裂，都依然幸福。

1 茉德·冈尼中年以后充满政治仇恨。

愿她的新郎领她进入一幢宅子，
那里的一切皆如习俗和礼仪；
因为傲慢和仇恨只是些杂货
在路旁被人叫卖。

但在习俗和礼仪之中
无邪和美丽怎样诞生？
礼仪是丰饶角的名字，
而习俗是那茂盛的月桂树。

塔楼

（1928）

丽达与天鹅[1]

猛然的轰击：那双巨翅仍不停扑打
在动摇的少女身上，她的大腿被爱抚
于他漆黑的脚蹼，她的后脖噙在鸟嘴里，
他的前胸紧紧抵上她那无助的胸乳。

那些惊惶无措的手指要怎样才能推拒
她松开的大腿上那羽状的炽烈？
当肉体被置于那洁白的香蒲
怎能不感到它身下那陌生的心跳？

1　在希腊神话中，宙斯化为天鹅使斯巴达王后丽达怀孕，生下海伦、克吕泰涅斯特拉（后来嫁给了希腊联军统帅阿伽门农）这两位绝世美女，为人间带来灾难。

腰间的一次震颤竟招致了
断壁颓垣，焚城烈焰，
直至阿伽门农殒命。
竟如此被擒捉，
如此臣服于空中的野蛮之血，
但她是否从他的力量中吸收了他的知识
在那冷漠的鸟喙把她放开之前。

在学童中间[1]

1

我走过漫长的教室不断提问；
一位和蔼的白巾老修女在旁作答；
那些孩子在学算术，那些在唱歌，
那些在钻研阅读课本和历史，
还有裁剪缝纫，样样得体，
按最摩登的来说——孩子们的目光
时刻闪烁惊奇，紧盯着
一位年届六旬面带微笑的社会名流。

1　1926 年 3 月，作为主管文教方面的爱尔兰参议员，叶芝视察了都柏林附近的一所改良教会学校。

2

我在想象一个丽达般的身影，俯身
在微暗的炉火上，她所讲述的
故事是一个严厉教训，或曰一桩小事
却导致童真的一日酿成悲剧——
说完后，仿佛出于青春的共通感
我们两人的性格便交融为一个球体，
抑或，借用柏拉图的譬喻，
成为一个壳里的蛋黄和蛋白。[1]

1　柏拉图在《会饮篇》中说，人最初是双面同体的强大生灵，被宙斯劈成两半，“就像用头发切开鸡蛋一样”。

3

一边回想那一阵阵的悲痛或激愤
我一边端详眼前的这些小孩，
心里寻思她在童年是否也这样站过——
因为即便天鹅的女儿也能够分享
一切水禽所传承的某些东西——
是否也有这样光彩的脸蛋或头发，
就这样我的心脏便疯狂跳动：
她竟像一个活泼的孩子站到了我面前。

4

她现在的形象浮现在我的头脑——
难道是十五世纪大师的手笔
将它塑造得脸颊深陷，一副餐风饮露
并以影子为食来过活的模样吗？[1]
而我尽管从不属于丽达般的族类，
但也曾有过华丽的羽毛——这就够了，
最好对所有的微笑报以微笑，并表现出
这是一个心满意足的破稻草人。

1　茉德·冈尼晚年形容瘦削，不再有苹果花一般的脸庞。

5

年轻的母亲，她怀里的一个形状
已经被生殖之蜜出卖，
那时必定也沉睡，尖叫，拼力想脱逃，
如同前世记忆或忘川之药所决定的；[1]
她会如何看待她的儿子，一旦她见到那形状
头上已笼罩六十或更多个严冬，
以补偿他诞生时的剧痛，
或者他的前程的不确定性？

1　叶芝相信柏拉图学派关于灵性生命的理论。“生殖之蜜”使胎儿投生，又抹去他的灵性。胎儿的命运是沉睡还是逃脱，取决于记忆或者遗忘的力量。

6

柏拉图认为大自然只是颗泡沫
在一套鬼魅般的万物范例上游戏；
壮实的亚里士多德则要弄教鞭
抽打一位万王之王的屁股；[1]
闻名遐迩的金腿股毕达哥拉斯[2]
在琴弓或琴弦上撩拨着
一首星光曲给无心的缪斯听闻：
老衣插老棍，诈唬小家雀。

1　亚里士多德曾经是亚历山大大帝的老师。

2　据说毕达哥拉斯有一条腿是金子做的。

7

修女和母亲们都崇拜影像，[1]
但那些烛灯映照出来的却是不同于
那些能激发母亲幻想联翩的东西，
只不过为了让大理石或青铜像保持安定。
然而它们也同样令人心碎——诸神诸灵啊，
如激情、虔敬或慈爱之所知的，
以及整个天国的荣耀所象征的——
哦，人类伟业的那些自生自长的嘲弄者。[2]

1　修女崇拜耶稣和圣母的形象，母亲崇拜她们心中自己的孩子的形象。

2　自生自长、无父无母的神明精灵等拥有完整统一的自我形象。

8

若肉体能不因取悦灵魂而受伤害，
那劳作亦如鲜花绽放或舞蹈翩翩；
美不可能生于它对自身的绝望，
老眼昏花的智慧也不生于午夜的油灯。
栗子树啊，根深叶茂繁荣广大，
你究竟是叶片、鲜花还是枝干？
啊，音乐中摇摆的身体，啊，明眸亮丽的顾盼，
叫我们如何能分辨舞蹈和舞蹈者？

欧文·阿赫恩和他的舞伴们

1

真奇怪啊我的心，当爱情从意料之外
降临诺曼[1]高地或白杨树的阴凉，
尽管它只需负担自己却仍旧疲惫不堪。
它无法承受那负担因而便疯掉了。

南风给它带来渴盼，东风带来绝望，
西风令它可怜，北风令它恐惧。
它害怕那所有的风暴会给它的爱造成伤害；
它害怕她会造成伤害因而便疯掉了。

我可以跟身边的任何头脑交换看法，
我拥有健康的血肉身躯，跟任何诗人一样，
但是啊！我的心再无法承受那高坡上风声呼啸；
我逃啊，逃开我的爱，因为我的心疯掉了。

1　指法国诺曼底，茉德在那里有住房，叶芝曾在此向伊素特求婚。

2

我的心在肋骨后面大笑，“你说我疯掉了，
因为我促使你逃跑，离开那个小姑娘；
但她怎能跟你这样野生野长的五旬老人般配?
让笼中鸟去配笼中鸟吧，野鸟要和野的相配。”

“你只会整日捏造谎言，凶手啊。”我答道。
“而那些谎言都只有一个目的，把可怜的受害人叛卖；
我从不认为我身边的女人有哪一个是在笼中的。
啊，她一定会心碎，若是得知我的思绪已远远躲开。”

“说句心里话，”我的心唱道，“谁在乎呢，
既然你的嘴巴无法说服那姑娘，除非她会错把
她那种幼稚的感激当成爱情并与你这五旬老人婚配?
啊，让她去选一个年轻人吧，只因为他有狂野。”

一个男人的青春和衰老（节选）

初恋

她如同那高航的明月
养成于美的残忍孵育，
她时而行走，时而脸红
然后在我的路前停下
直到我以为她的身体带着
一颗有血有肉的心。

但自从我把手置于其上
发现了一颗石头的心
我已尝试过许多办法
但没有一样成功
因为这样做难免阴阳怪气
若想用手去游遍月亮。

她微微一笑便将我变形
让我成了一个蠢货，
逛逛这里，逛逛那里，
而思想愈发空虚
像群星空转着天轮
在明月远去之后。

人类的尊严

她的好意如同明月，
如果我可以称之为好意，
那种没有丝毫理解，
无论对谁都一样的东西，
仿佛我的哀伤只是些布景
在一幅彩绘的幕墙。

多像一块石头啊
我倒在这歪脖树下。
要想变回原形
除非我把心中的苦痛
向飞鸟尖叫，但我却沉默
以示人类的尊严。

美人鱼

美人鱼发现了一个游泳的少年，
便决定要他做自己的人，
她用身子抱紧他的身子，
高高兴兴地潜入水里；
在这残酷的幸福中却忘了
即便钟情的人儿也会淹死。

兔子之死

我曾指出那些吠叫的猎狗，
兔子跳进了树林，
而当我献上一声恭贺
她欣喜得好像恋人
低垂了眼目，
羞红了面颊。

但突然她烦乱的神情
把我的心揪紧，
我想起那丧失了的野性，
到后来，她飘然而去，
我还独自留在那林中
记下兔子之死。

空杯子[1]

有个疯汉发现了一杯水，
在他渴得要死的时候
却根本不敢润一润嘴唇，
只想象着，月之诅咒啊，
要是再喝一大口
他那跳荡的心就会胀破了。
去年十月我也发现了一只杯子
但发现它已干涸如枯骨，
就这样我变疯了，
我的睡眠也从此远去。

1　在塔罗牌中，杯子相当于扑克牌的红心。

他的记忆

我们应避开他们的目光，
只作圣洁的展示
而且要肢体断折像荆条
被凄冷的北风摧残，
以此怀念已逝的赫克托耳[1]
和不为活人所知的事。

女人都不太喜欢去盘点
我做过或说过什么
她们只想撇开原先溺爱的羊羔
赶紧去听一头叫驴嘶吼；
我的胳膊像那扭曲的荆条
但也曾有美人安枕；

1　特洛伊勇士，被希腊英雄阿喀琉斯所杀。

全部族的第一美人在这里安枕
并享受了无比的欢愉——
她曾使强大的赫克托耳被打倒
并让整个特洛伊化为废墟——
那时她对着我这只耳朵大喊：
“要是我尖叫，你就抽我。”

夏与春

我们坐在一棵老棘树下
把这夜晚闲谈打发，
说尽了我们初见光明以来
所有讲过或做过的事，
当我们谈到成长经历
才得知我们曾平分了一个灵魂
若现在让一半投入另一半的怀抱
那我们有可能让它再合为一体；
说到这，彼得露出狰狞的表情，
因为似乎他跟她
也曾聊过他们的纯真年代
就在同样的树下。
啊，想当年那一树春芽的萌动，
还有那鲜花的盛放，
那时节我们拥有全部的夏
而她拥有全部的春！

旋梯

（1933）

死亡

既不恐惧也不殷切期望的
是一只垂死的兽；
当一个人等待他的终结
却恐惧又期望着一切；
无数次他死了，
无数次又重新站起。
一个伟大的人会骄傲地
直面那些凶残的人，
并把嘲弄投向
那生命的替代品；
他从骨子里了解死亡——
是人创造了死亡。

三个运动

莎士比亚的鱼在海里游，远离陆地；
浪漫主义的渔网中游，将入人手；
那边又是些什么鱼，搁在沙滩上喘气？

或可谱曲的歌词（节选）

疯珍妮谈末日审判

“如果得不到
完整的肉体和灵魂
那样的爱情
根本就不满足”；
以上是珍妮听说。

“你若是接受我，
就要接受酸楚，
我可能在一个小时
嘲笑、气恼又怒叱。”
“那是当然的。”他说。

“赤裸着我躺在
那青青草我的床上；

赤裸着，遮掩着，
在那暗黑的一日”；
以上是珍妮所说。

“还有什么能显现？
什么是真正的爱？
随着时间一旦消逝，
一切尽为人知，尽被显现。”
“那是当然的。”他说。

她的焦虑

大地已靓丽妆扮
等待春天的回归。
所有的真爱必死，
最好也不过变成
某种低级玩意。
请证明我在说谎。

爱人的肉体娇美，
呼吸深沉悠长，
他们爱抚，或感叹不已。
每抚摸一次，
爱情就更接近死亡。
请证明我在说谎。

他的信心

为买到不死的爱
我书写在
这只眼睛的角落
所有犯过的错。
怎样的代价才足够
换来不死的爱？

我猛烈地撞击
把心劈成了两半。
那又怎样？因为我知道
爱情出自岩石，
从一个荒凉的源头，
踏上了它的前路。

摇篮曲

亲爱的，愿你睡得香甜，
在你吃奶的地方找到梦乡。
全世界都发出警报又如何?
当强大的帕里斯躺卧在
海伦怀抱中的第一个黎明，[1]
在一张金床上找到他的梦乡。

睡吧，亲爱的，甜甜地安睡
就像野蛮的特里斯坦一般，
当时，那药剂已经起效，
雄鹿奔跑，或雌鹿蹦跳
在栎树和山毛榉的枝干下，
雄鹿蹦跳，或雌鹿奔跑；

1 希腊神话中，特洛伊王子帕里斯诱拐了斯巴达王后海伦，引发了十年特洛伊战争。

如此沉迷的安睡就如笼罩
尤罗特斯的茵茵岸滨[1]，
当一只神鸟在那里
实现了他注定的意志，
从丽达的四肢滑落，
却不曾脱离她那卫护的关爱。

1　斯巴达城邦位于尤罗特斯河谷。丽达是斯巴达的王后。

沉默许久之后

沉默许久之后说话；真好，
当其他恋人都已远离或死去，
不友善的灯光在遮罩下躲藏，
窗帘挡住了不友善的黑夜，
我们可以反复讨论
艺术和诗歌那至高的主题：
肉体衰老是一种智慧；年轻时
我们彼此相爱，却一无所知。

一个女人的青春和衰老（节选）

最初的告白

我承认那根荆棘
虽绞进了我的头发
却不曾把我刺伤；
我的畏缩和颤抖
不过是演戏，
不过是撒娇。

我渴望真理，然而
我无法抑制那些
为真我所否认的东西，
因为博取男人关注
带来的那种满足感
更让我从骨子里祈盼。

星宫图的明光
仿佛尽被我吸引，
为何那些质疑的眼睛
总盯在我的身上？
假如空洞的夜色要来回答，
除了避开我，它们还能做什么？

最后的告白

所有曾与我共眠的男人
哪一位情郎最讨我喜欢?
我的回答是我曾付出我的灵魂
但是爱得凄惨,
而跟一个肉体所爱的情郎
却是快乐无边。

我会大笑着挣开他的怀抱,
心想他如此激情
竟幻想只要我们的肉体接触
我就付出一次灵魂,
我又大笑着扑上他的胸膛,心想
禽兽对禽兽便是这样。

我付出的跟别的女人一样
都是从衣裙里走出来的东西；
然而当这个灵魂，一旦脱离肉体，
赤裸地向赤裸走去，
它找到的那个他也将在其中找到
不为外人知晓的东西，

付出他那份又得回他那份，
然后凭他那份权利行使支配；
尽管这灵魂曾经爱得凄惨
但仍紧紧地相依不分离，
竟使得没有一只鸟儿敢在白天
熄灭这份欢愉。

思考的结果

熟人；知己；
一个才华横溢的女子；
天资卓越，出类拔萃，
全都被她们的青春毁坏，
全都，全都被那不人道的
苦涩的荣耀所摧残。

但我已整饬了
废墟，残花和残骸；
我劳苦多年总算
得出了一个深刻的思想：
我能够重新唤起
她们全副的蓬勃生机。

这些都是什么形象？
她们或目光呆滞地转身，
或卸下时间的污秽包袱，
伸直老迈的双膝，或踌躇或坚持。
是什么人摇头或点头？

选择

人的智力要被迫去选择
生命的完善，或工作的完善，
若选择了后者就必须抛开
天国的华厦，去黑暗里咆哮。
当故事全都结束，还有什么新闻？
无论幸运与否，辛劳总有留痕：
往昔的迷惑换了一个空钱包，
或白天的虚荣，夜晚的懊悔。

新作

（1938）

优美崇高的事物

优美崇高的事物；奥利里[1]的高贵头颅；
我的父亲[2]站在艾比的舞台，面对狂热群众：
“这圣徒之国，”然后待掌声停歇下来，
“的泥糊圣徒们；”他优美的顽皮脑袋向后一仰。
斯坦迪什·奥格雷迪[3]借着两张台桌撑起身子
跟一些醉鬼高谈阔论毫无意义的大话；
奥古丝塔·格雷戈里[4]坐在她的金漆大书案前，
她的第八十个冬天将来临；“昨天他威胁要我的命，

---

1 奥利里（1830–1907），爱尔兰革命者，美髯公，叶芝父亲曾为其画过肖像画。

2 叶芝的父亲约翰·叶芝（1839–1922）曾在艾比剧院为进步戏剧辩护。

3 奥格雷迪（1866–1928），爱尔兰作家、历史学家。

4 格雷戈里夫人（1852–1932），爱尔兰作家，叶芝挚友，享年八十岁。

我告诉他每晚六到七点我都会坐这张桌子，
并拉起百叶窗；”茉德·冈尼在霍斯火车站等车，[1]
雅典娜女神在她那挺直的腰背和傲慢的头脑里：
整个奥林匹斯的诸神；一件不再被人所知的事物。

1　1891年8月4日，叶芝和茉德前往都柏林霍斯海滨郊游。前一日他求婚被拒。

一个疯姑娘

那个疯姑娘即兴奏响她的音乐，
她的诗歌，并舞蹈在海滩上，
她的灵魂已脱离自身，
攀高，又坠落到她不知晓的地方，
躲藏在一艘轮船的货仓里边，
她的膝盖摔坏了；我宣告那个姑娘
是优美崇高的事物之一，或一个
壮烈地失去，又壮烈寻回的事物。

无论怎样的灾难会发生，
她伫立在不顾一切的音乐里，物物
呜呜，舞舞，她将她的胜利实现
于捆包和篮筐的存放处，
没有寻常易懂的声响
只有歌唱，“哦，海渴海饿的大海。”

那些形象

如果我叫你离开
思维的洞穴会怎样?
有一种更好的锻炼
在阳光和微风里。

我从没叫你去
到莫斯科或罗马,
快丢下那桩苦差吧,
唤缪斯回家。

去寻求那些形象,
它们构成了原野,
狮子和处女,
娼妓和小孩。

去空气当中发现
一只展翅的鹰,
看清那五种形象
是它们令缪斯歌唱。

遗作

（1939）

布尔本山下

1

谨奉诸位先贤所言
于马略奥特湖畔[1]
如阿特拉斯女巫所知者，[2]
曾言明并订立雄鸡之啼[3]。

---

1 马略奥特湖（Mareotid）位于埃及亚历山大城南，湖畔有古埃及冥神俄赛里斯的主庙，公元1世纪有犹太人灵修会在此发展，被认为是基督教修道院的先驱。

2 雪莱长诗《阿特拉斯女巫》（1820）中说到马略奥特湖。

3 雄鸡报晓将预告世界变换的时刻到来。参见《所罗门和女巫》。

谨奉诸位男女骑手之名，
其仪容身姿绝世超凡，
与白净长脸的伙伴[1]
在永生中昂扬，
赢取他们激情的完满；
此刻他们驰过冬日的黎明
布尔本山为此设下背景。

以下为他们所言要旨。

1 诗中是指超凡脱俗的仙人仙马，凌空飞驰。

2

多少次一个人活着又死去
在他的两个永世之间，
一边是种族，另一边是灵魂，
而古老的爱尔兰对此尽已知晓。
不论一个人是死在床上
还是被步枪当头击毙，
与那些亲爱的人短暂分离
才是他必须恐惧的最可怕的事。
虽然掘墓人的辛劳是漫长的，
他们的铁铲磨利了，他们肌肉强壮，
但他们不过是把要埋葬的人
再一次塞回人类的思想。

3

你们曾听过米切尔的祈祷
“主啊，给我们的时代赐下战争吧！”[1]
也知道当所有的词语都已说尽
一个人陷入疯狂搏斗的时候，
某些东西从盲目已久的眼中掉出
他便完整了他褊狭的头脑，
在那一瞬间他全身轻松，
放声大笑，心中一片安宁，
即便最睿智的人也会变得紧张
心中充满了某种暴力
如果他还没能实现他的命运
了解他的工作或选定他的同伴。

1　爱尔兰革命者约翰·米切尔（John Mitchel，1815–1875）曾呼吁应该对英国发动“圣战”。

4

诗人和雕塑家努力工作
不要让时髦画家推脱
他的伟大先辈们的业绩，
把人的灵魂交给上帝，
让他把摇篮正确地填满。

测量法开启我们的力量：
一个生硬的埃及人把形式构思，[1]
而优雅的菲狄亚斯[2]造就了形式。

1 可能指生于埃及的新柏拉图派哲学家普罗提诺（Plotinus，205–270），他对神与世、灵与肉、形式与质料等命题的论述有很大影响。

2 公元前5世纪古希腊伟大的雕塑家、建筑设计师。

米开朗琪罗留下明证
在西斯廷礼拜堂的屋顶，
那里只需半睡半醒的亚当
便足以撩弄全球奔走的贵妇
直到她的肠肚烧起欲火，
证明有一种目的已设定
在那秘密工作的头脑之前：
世俗化的人类完善。

十五世纪大师使用油彩，
在上帝或圣徒的背景，
描绘了乐园让一个灵魂安逸；
在那里，眼中所见的一切
是鲜花、绿草和晴朗的天空，
都摹仿着实在的形式，或仿佛
睡眠者已醒来但还在梦中，
而当它消散之后仍旧宣告，
尽管只剩下床铺和床架，[1]
诸天之门曾经敞开。

1 柏拉图认为，有真实理念的床、木匠的床和艺术家的床；文艺只是摹仿的摹仿，与真理隔了两层。

漩涡飞转；

当伟大的梦想已然消逝

卡尔弗特和威尔逊，布莱克和克劳德[1]

为上帝的子民备好了休息之所，

如帕尔默所言，但在这之后

混乱又笼罩了我们的思想。

1　叶芝关注的几个17–19世纪画家，卡尔弗特、帕尔默学布莱克的奇幻画，威尔逊学克劳德·洛兰的风景画。

5

爱尔兰诗人要练好你们的本行
歌唱各种精心制作的事物，
藐视现今越来越兴盛的那种
从头到脚完全不成样子的东西，
它们那失忆的心灵和脑袋
是低贱床上的低贱产物。[1]
歌唱农民，然后是
策马跋涉的乡下士绅，
僧侣的圣洁，并仿效
黑啤酒鬼的放肆大笑；

---

1 柏拉图认为，灵魂投胎后便遗忘了至高理念世界的真理，要通过回忆来重新学习，进而高飞回归；否则将堕落降级。

歌唱快乐的老爷和夫人，

经过七个豪迈的世纪

他们已被捣成黏土；

要把你们的头脑投向别的岁月

那样我们在未来才能够保持

不屈不挠的爱尔兰精神。

6

在光秃秃的布尔本山下
篮岭墓园安葬了叶芝[1]，
一位先辈在多年前
是这里的教长；教堂矗立在近旁，
路边有一座古老十字架。
不要大理石，不要传统辞句，
只用当地开采的石灰岩
按他的指示刻下这些文字：

冷眼投向
生与死。
骑手，前进！

1　叶芝的曾祖父约翰葬在此地。

雕塑

毕达哥拉斯将它制定。为什么人人注视？
他的数字[1]，尽管都活动或似乎活动
在大理石或青铜中，但缺乏个性。
而少男少女们，因想象的爱情而憔悴
在单人床上，却知道他们是什么，
那激情能给人带来足够的个性，
然后在半夜的某个公共场所把鲜活的
嘴唇去亲吻一张用铅坠量过的面孔。

1 古希腊哲学家、数学家毕达哥拉斯认为，世界的本质是数。黄金分割、对称、比例等艺术理念均受到毕达哥拉斯学派的影响。

不！比毕达哥拉斯更伟大的是那些人
以木槌或铁錾给这些计算塑造了
一具看似随意的肉身，并推翻
所有亚细亚式的朦胧巨像[1]，
而不是那些岳峙的桨橹
在萨拉米斯岛与万千浪头搏击。[2]
欧洲之所以能驱逐波涛只因菲狄亚斯[3]
给女人以梦想，又给了梦想一面镜子。

---

1 按法语有“澎湃巨浪”的意思。

2 公元前480年，古希腊人在萨拉米斯战役中击败入侵的波斯大军。

3 是文化艺术而非军事力量，使希腊战胜了波斯。

有一个形象跨越万千浪头，端坐
在热带树荫下，渐生了丰满和迟钝，[1]
不像哈姆雷特食飞虫而瘦，而是一个肥胖的
中世纪的梦想家。那空空的眼球知道
知识增添的只是非现实，而且
镜中之镜像就是照见的一切。
当钟鼓和螺号宣告了祈福的时辰
老母猫便爬向佛陀的空寂。

当皮尔斯[2]召唤库胡林到他的身边
是什么大步走过了邮政局？是什么才智，
什么计算、数字、量度予以回答？

---

1 希腊艺术传播到东方，影响了佛教雕塑。

2 帕特里克·皮尔斯（Patrick Pearse，1879 –1916），1916年复活节起义领袖和烈士之一，他曾在邮政总局广场发表宣言。1935年，爱尔兰政府在广场以神话英雄库胡林的塑像作为纪念。

我们爱尔兰人，生于那个古老宗派
却被投进这个污秽的现代大潮
并被它那无形的、滋长的狂暴所摧毁，
攀上我们固有的黑暗，那样我们才能描摹
一张用铅坠量过的面孔的容貌。

青铜头像

就在入口处的右侧有一尊青铜头像，[1]
人，超人，睁着鸟一样的圆眼，
而其余的一切都已枯萎和僵死。
是怎样的墓中大鬼在遥远的天空飞掠；
（尽管一切已死但那里也许还有些尚存）
但那里找不到任何东西来减轻它，
对它自身空虚的歇斯底里症的恐怖？

从前并非黑暗的墓鬼；她形体丰满
仿佛充盈着宽宏大量的光明，
但又是最温柔的一位女子；谁又能说清
哪一种形体才恰当表现了她的本质？
或许那本质可能就是个复合体，
深奥的麦克泰格特[2]这样认为，在呼吸之间
一口气就抓住了生与死的极限。

1　都柏林市立美术馆有一尊晚年茉德的青铜色石膏头像。

2　英国哲学家麦克泰格特（John McTaggart，1866–1925）认为一切物质都是复合的。

但即便在起跑点，一切还光洁崭新，
我仍看到她心中的那份狂野，我认为
它必定承受着一种恐怖的幻象
以至于毁掉了她的灵魂。相似性已把
想象力引上一个高度，让它抛弃了
不属于自己的一切：我已陷入狂野
并喃喃着四处彷徨，“我的孩子，我的孩子！”[1]

要不我会认为她是超自然的；
仿佛有一个更无情的眼睛从她眼中察看
这个污糟的世界怎样腐朽和堕落；
看瘦弱的树干长成魁伟，魁伟的变成干枯，
祖传的珍宝全都扔进了猪圈，
豪迈的梦想被小丑和流氓戏仿，
然后便怀疑还剩下什么可以用大屠杀来拯救。

1　叶芝有时把茉德视为小孩。“她是我的纯真，我是她的智慧。”

幽灵

因为嘲弄最安全
所以我谈到一个幽灵，
我才懒得费劲去说服谁，
或让有头脑的人觉得能说会道，
不信任那种大众化的眼光
无论它有多无耻或狡猾。
我总共见过十五个幽灵；
最可怕是一件大衣挂在衣架上。

我从没发现什么能有半点
好过我盘算已久的半独居生活，
那样我可以和某个懂得风趣的朋友
一起熬到半夜三更，
我说的话莫名其妙

而他的神色从不露馅。
总共十五个幽灵我曾见过;
最可怕是一件大衣挂在衣架上。

当一个人渐渐衰老，他的快乐
一天比一天藏得更深，
他那空虚的心终于充实了
但他需要的是全身力气，
因为那渐增的黑夜
正打开她的神秘和恐怖。
总共十五个幽灵我曾见过;
最可怕是一件大衣挂在衣架上。

（全书完）

威廉・巴特勒・叶芝

William Butler Yeats（1865.06.13 –1939.01.28）

爱尔兰诗人

1923 年获得诺贝尔文学奖

获奖理由是：

“用鼓舞人心的诗篇，

以高度的艺术形式表达了整个民族的精神风貌。”

罗池
诗人，现居桂林

翻译作品：
《当你老了》
《格雷戈里·柯索诗选》
《彼得·霍恩诗选》

果麦经典·第一辑

《小王子》［法］安托万·德·圣埃克苏佩里

《乌合之众》［法］居斯塔夫·勒庞

《罗生门》［日］芥川龙之介

《朝花夕拾》鲁迅

《浮生六记》沈复

《我是猫》［日］夏目漱石

《昆虫记》［法］让-亨利·法布尔

《老人与海》［美］厄尼斯特·海明威

《消失的地平线》［英］詹姆斯·希尔顿

《当你老了》［爱尔兰］威廉·巴特勒·叶芝

当你老了（果麦经典·第一辑）

产品经理｜曹　曼　　后期制作｜顾逸飞
责任印制｜刘　淼　　出 品 人｜路金波

图书在版编目（CIP）数据

当你老了 /（爱尔兰）威廉·巴特勒·叶芝著；罗池译 . -- 南昌：江西人民出版社，2018.1

ISBN 978-7-210-09341-1

Ⅰ . ①当… Ⅱ . ①威… ②罗… Ⅲ . ①诗集—爱尔兰—现代 Ⅳ . ① I562.25

中国版本图书馆 CIP 数据核字（2017）第 079333 号

当你老了

（爱尔兰）威廉·巴特勒·叶芝 / 著

罗池 / 译

责任编辑 / 王华 冯雪松

出版发行 / 江西人民出版社

印刷 / 北京旭丰源印刷技术有限公司

版次 / 2018 年 1 月第 1 版

2018 年 1 月第 1 次印刷

开本 /840 毫米 ×1092 毫米 1/32 印张 7.25

印数 / 1-5,000 字数 / 50 千字

书号 / ISBN 978-7-210-09341-1

定价 / 88.00 元

赣版权登字—01—2017—314